10 Juin 1898

Collection de M. A...

DE GLASCOW [Reid]

TABLEAUX MODERNES

Collection de M. A...

DE GLASGOW

TABLEAUX MODERNES

PARIS. — IMPRIMERIE GEORGES PETIT
12, RUE GODOT-DE-MAUROI, 12

CATALOGUE

DES

Tableaux Modernes

PAR

BONVIN, BONINGTON, BOUDIN, CALS
COROT, CONSTABLE, COURBET, COUTURE, DAUBIGNY
DAUMIER, DEGAS
FANTIN-LATOUR, GUILLAUMIN, HERVIER, JONGKIND, LEPINE
MANET, METTLING, MILLET
MONTICELLI, PISSARRO, RAFFAELLI, RIBOT, VIGNON
VINCELET, VOLLON, TURNER

Provenant de la Collection de M. A...

(DE GLASCOW

DONT LA VENTE AURA LIEU

HOTEL DROUOT, Salle N° 1

Le Vendredi 10 Juin 1898

A 2 HEURES 1/2

COMMISSAIRE-PRISEUR
Me PAUL CHEVALLIER
10, Rue Grange-Batelière

EXPERT
M. GEORGES PETIT
12, Rue Godot-de-Mauroi.

EXPOSITIONS

PARTICULIÈRE : *Le Mercredi 8 Juin 1898, de 1 heure 1/2 à 5 heures 1/2*

PUBLIQUE : *Le Jeudi 9 Juin 1898, de 1 heure à 5 heures*

CONDITIONS DE LA VENTE

Elle sera faite au comptant.

Les Acquéreurs paieront *cinq pour cent* en sus des prix d'adjudication.

DÉSIGNATION

TABLEAUX

BONVIN

1 — *La Bouillabaisse.*

Sur une table de cuisine, une bassine de cuivre jaune; à côté, sur une nappe, un rouget-barbet, une bouteille de grès; une raie est accrochée au mur; à droite, sur la table, quelques gousses d'ail.

Signé en haut, à gauche : *1873*.

Panneau. Haut., 28 cent.; larg., 19 cent.

Vente Vever.

BONVIN

2 — *Le Dessert.*

Signé en haut, à gauche.

Toile. Haut., 39 cent.; larg., 28 cent.

BONVIN

3 — *Le Panier de fraises.*

Signé en bas, à droite : 77.

Panneau. Haut., 19 cent.; larg., 23 cent.

BONVIN

4 — *Le Paroissien.*

Signé en bas, à droite : *F. B.* 72.

Panneau. Haut., 16 cent.; larg., 23 cent.

BONVIN

5 — *Les Pommes.*

Signé en bas, à droite.

Toile. Haut., 57 cent.; larg., 45 cent.

BONINGTON

(R.-P.)

6 — *La Famille.*

Panneau. Haut., 19 cent.; larg., 15 cent.

BONINGTON

(R.-P.)

(Att. à)

7 — *Portrait de jeune femme.*

Toile. Haut., 22 cent.; larg., 17 cent.

BOUDIN

8 — *Honfleur.*

Signé en bas, à gauche.

Carton. Haut., 22 cent.; larg., 39 cent.

BOUDIN

9 — *Environs de Honfleur (1868).*

Signé en bas, à gauche.

Panneau. Haut., 20 cent.; larg., 32 cent.

CALS

10 — « *Le Petit Journal* ».

Signé en bas, à gauche : *Cals, Honfleur, 1877.*

Panneau. Haut., 33 cent.; larg., 26 cent.

CALS

11 — *Tête de paysanne.*

Signé en bas, à droite : *Honfleur, 1877.*

Toile. Haut., 45 cent.; larg., [illegible] cent.

CALS

12 — *Une Rue de village.*

Signé en bas, à gauche : *Cals. Honfleur, 1872.*

Toile. Haut., [illegible] cent.; larg., [illegible] cent.

CALS

13 — *La Chaumière.*

Toile. Haut., [illegible] cent.; larg., [illegible] cent.

CALS

14 — *Bords de rivière.*

Signé en bas, à droite.

Toile. Haut., 22 cent.; larg., 3[illegible] cent.

COROT

15 — *Le Moulin.*

Le ciel est gris, avec de beaux nuages blancs qui flottent au-devant d'un très lointain et très fugitif azur.

Sur le bord de l'eau, le moulin se dresse, coiffé de tuiles rouges. A droite, près de quelques arbres, aux frondaisons où passent des frissons, des paysans sont arrêtés, dont un bonhomme debout, le chef couvert d'une coiffe rouge.

A gauche, dans le cours d'eau, un arbre est abattu, dressant ses branches dépouillées dans un geste violent d'agonie.

Signé en bas, à gauche.

Toile. Haut., 27 cent. ; larg., 40 cent.

Corot. C.

La Rue de [illegible]

COROT

16 — La rue de Flesselles.

Les masures s'alignent à droite, offrant leurs toitures de tuiles brunes et leurs murs au crépit fruste, aux belles caresses du soleil.

A gauche, les arbres montrent leurs branches feuillues vers le ciel, qui s'étend comme un vaste réseau au bleu profond.

Dans la rue, plusieurs figures de paysannes en marche, dont une, vers les premiers plans, vêtue d'un caraco bleu.

Signé à gauche, en bas.

Toile. Haut., [illegible] cent. ; larg., 36 cent.

COROT

17 — *L'Atelier.*

Devant un chevalet, placé à droite et qui porte un petit tableau encadré, une jeune femme est assise de profil, la tête légèrement tournée de trois quarts. Elle est vêtue d'une jupe noire et d'un corsage aux manches jaunes. Les cheveux sont bruns sous une coiffe grise. Elle tient dans la main droite un livre ouvert à reliure rouge. La main gauche est croisée sur la poitrine.

Au mur, de tonalité neutre, quelques études sont accrochées.

Signé en bas, à gauche et daté : *1870.*

Toile. Haut., 62 cent. ; larg., 47 cent.

Corot. C.

L'Atelier

COROT

18 — *Sentier dans la montagne.*

Signé en bas, à droite.

Toile. Haut., 32 cent.; larg., 24 cent.

CONSTABLE

19 — *Le Porteur d'eau.*

Toile. Haut., 27 cent.; larg., 28 cent.

COURBET

20 — *Dans la forêt.*

Signé à droite, en bas.

Toile. Haut., 80 cent.; larg., 98 cent.

COUTURE

21 — *Tête de femme.*

Toile. Haut., 46 cent.; larg., 35 cent.

DAUBIGNY

22 — *Le Verger.*

Signé à gauche, en bas.

Toile. Haut., 48 cent.; larg., 78 cent.

DAUMIER

23 — *Le Lutteur.*

A qui le caleçon! C'est l'instant de la parade sur le tréteau, devant la barraque; lui, le lutteur, l'homme invincible, se tient debout, les bras croisés, — des bras aux muscles énormes, — la tête renversée, dans une attitude de fierté provocante; il a le torse pris dans un maillot au liseré bleu et le corps serré dans un caleçon rouge.

Près de lui, un pierrot, aux grimaces clownesques, lance le boniment; derrière eux et à leurs côtés, des comparses soutiennent sa voix de leurs cris et de roulements de tambours.

Au fond, l'entrée est masquée par une draperie brune à demi relevée.

Signé à gauche, en bas.

Panneau. Haut., 26 cent.; larg., 34 cent.

DAUMIER

K. 33 A.

24 — *La Baignade.*

Auprès de la berge, dans la Seine, le palefrenier fait baigner ses trois chevaux blanc, bai et noir. Il est monté sur le cheval blanc, et vu de dos.

Toile. Haut., 42 cent.; larg., 58 cent.

DAUMIER

25 — *La Lettre.*

Signé en haut, à gauche : *H. D.*

Panneau. Haut., 24 cent.; larg., 32 cent.

DEGAS

26 — ***Femme à une fenêtre.***

Toile. Haut., 59 cent.; larg., 44 cent.

FANTIN-LATOUR

27 — ***Pommes d'api et Pensées.***

Signé à gauche, en haut, et daté : *1874*.

Toile. Haut., 45 cent.; larg., 55 cent.

FANTIN-LATOUR

28 — ***Pivoines blanches dans un vase.***

Signé à droite, en haut : *Fantin, 1872*.

Toile. Haut., 42 cent. ; larg., 29 cent.

FANTIN-LATOUR

29 — ***Pommes.***

Signé à gauche, en bas : *Fantin, 70*.

Toile. Haut., 26 cent. ; larg., 34 cent.

GUILLAUMIN

30 — « *Guillaume se pavane.* »

Toile. Haut., 55 cent.; larg., 64 cent.

HERVIER

31 — *La Mendiante.*

Signé à gauche, en bas.

Panneau. Haut., 26 cent.; larg., 19 cent.

HERVIER

32 — *Le Pont.*

Signé à gauche, en bas : *Herrier, 1859.*

Panneau. Haut., 29 cent.; larg., 43 cent.

HERVIER

33 — *Cour de ferme.*

Signé à gauche, en bas.

Toile. Haut., 38 cent.; larg., 55 cent.

JONGKIND

34 — *Saint-Paris-le-Châtel, près de Nevers (Nièvre).*

Au bord du chemin, la ferme dresse son toit aux tuiles brunes. De l'autre côté, un bouquet d'arbres touffus : de-ci et de-là quelques figures de paysans et de bêtes. Au ciel bleu, de grands nuages blancs.

Signé à droite, en bas : *1862*.

Toile. Haut., 24 cent : larg., 32 cent.

JONGKIND

35 — *Village au bord de la Route (Effet d'orage).*

A droite, les maisons du village, blotti au pied de la montagne, puis la route, que suit un paysan conduisant deux chevaux. Au fond, au-dessus des collines, le ciel orageux qui s'éclaire au lointain.

Signé à droite, en bas : *1851*.

Toile. Haut., 26 cent. : larg., 35 cent.

JONGKIND

36 — *Le Fiacre.*

Dans une voie suburbaine, un fiacre arrêté ; le cocher, vêtu de bleu, cause avec un individu debout à droite.

Signé à droite, en bas : *1864*.

Panneau. Haut., 14 cent. : larg., 19 cent.

Vente Vever

JONGKIND

37 — *Route avec Chaumière.*

Signé à droite, en bas.

Toile. Haut., 28 cent. ; larg., 38 cent.

JONKIND

38 — *Orage sur la campagne.*

Signé en bas, à gauche.

Panneau. Haut., 19 cent ; larg., 27 cent.

LÉPINE

39 — *Clichy.*

Sur la route nationale, au sortir de la ville, un troupeau de moutons croise un chariot attelé de deux chevaux blancs. Les arbres détachent leurs frondaisons verdies par le printemps sur le ciel ennuagé de gris.

Signé à gauche, en bas.

Toile. Haut., 38 cent.; larg., 54 cent.

LÉPINE

40 — *Caen.*

Toile. Haut., 26 cent.; larg., 35 cent.

MONET

41 — *La Brioche.*

Signé en bas, à droite.

Toile. Haut., 45 cent.; larg., 54 cent.

METTLING

42 — *Ménagère plumant une volaille.*

Signé à gauche, en bas : *1883.*

Panneau. Haut., 29 cent; larg., 40 cent.

METTLING

43 — *Petite Paysanne assise.*

Signé en bas, à gauche.

Toile. Haut., 45 cent. : larg., 37 cent.

MONTICELLI

44 — *Enfants dans la campagne.*

Panneau. Haut., 40 cent.; larg., 58 cent.

PISSARRO

45 — *La Neige à Moret.*

Sur les toits, la neige s'est amassée en couches épaisses et, dans le ciel gris, on devine que la rafale sévira de nouveau : le peintre a donné, dans cette œuvre, la sensation précise du silence qu'amènent les ouates hivernales.

Signé en bas, à droite.

Toile. Haut., 55 cent.; larg., 1 m. 28.

RAFFAELLI

46 — *Edimbourg.*

Une place entourée de hautes constructions à l'aspect monumental, sur la grisaille desquelles se détache la silhouette d'une statue équestre. Et, dans ce cadre à la sensation historique, tout le mouvement des individus, le va et vient de la vie surprise en sa turbulente expansion; gens affairés et promeneurs: activités fébriles, ou curieux qui musent, le nez au vent.

Signé en bas, à gauche.

Carton. Haut., 57 cent.; larg., 72 cent.

RIBOT

47 — *Pomme et pichet.*

Signé en bas, à gauche.

Toile. Haut., 26 cent. ; larg., 35 cent.

RIBOT

48 — *Nature morte.*

Signé en bas, à droite.

Toile. Haut., 32 cent. ; larg., 40 cent.

VIGNON

49 — *Un Coin de bureau.*

Signé en bas, à gauche.

Toile. Haut., 23 cent. ; larg., 31 cent.

VINCELET

50 — *Giroflées dans un vase.*

Signé en bas, à gauche : *V. V.*

Panneau. Haut., 47 cent. ; larg., 35 cent.

VINCELET

51 — *Camélias rouges et roses.*

Signé en bas, à droite.

Toile. Haut., 54 cent. ; larg., 45 cent.

VINCELET

(V.)

52 — *Fleurs dans un vase.*

Toile. Haut., 38 cent. ; larg., 32 cent.

VOLLON

53 — *Aiguière et fruits.*

Signé en bas, à gauche.

Toile. Haut., [illegible] cent.; larg., [illegible] cent.

VOLLON

54 — *Nature morte.*

Signé en bas, à gauche.

Toile. Haut., [illegible] cent.; larg., [illegible] cent.

VOLLON

55 — *Femme assise dans un intérieur.*

Toile. Haut., 45 cent.; larg., 37 cent.

1

AQUARELLES — PASTELS — DESSINS

DEGAS

56 — La Toilette.

Une femme nue, la tête penchée en avant, procédant à ses ablutions, au-dessus d'une cuvette ; de la main droite, elle promène une éponge sous sa gorge, la main gauche est enveloppée d'une serviette.

Signé à droite, en bas.

Pastel.

DEGAS

57 — *A la barre. (Étude de danseuse.)*

Dessin rehaussé de pastel.

Signé en bas, à droite.

HERVIER

58 — *Mon village.*

Dessin à la plume.

Signé en bas, à droite.

Daté en haut, à gauche : *Saint-Germain, 1844, 17 août.*

HERVIER

59 — *L'Alchimiste.*

Aquarelle.

Signé en bas, à droite.

JONGKIND

60 — *Sur la Schie.*

Aquarelle.

Signé en bas, à droite : *1867.*

MILLET

61 — *Famille de Paysans.*

Tous trois debout, immobiles, le père, la mère et l'enfant. Ils sont vus de face. L'homme, en pantalon et chemise blanche ouverte, tient près de lui, de la main gauche, ses instruments de culture ; la femme, aux chairs alourdies, aux formes épaisses, tient de la main droite sa quenouille. Devant eux, l'enfant se cramponne à eux de ses deux bras étendus, qui cherchent un appui et une protection.

Fusain rehaussé de pastel.

Toile. Haut., 58 cent. ; larg., 42 cent.

PISSARRO

62 — *Fête de village.*

Aquarelle.
Éventail, signé en bas, à gauche.

TURNER

63 — *Mort de la baleine.*

Aquarelle.

www.ingramcontent.com/pod-product-compliance
Ingram Content Group UK Ltd.
Pitfield, Milton Keynes, MK11 3LW, UK
UKHW021001180726
13838UKWH00003B/1408